W9-CAF-024

Colina Calva

A LA
ORILLA
DEL VIENTO

Primera edición en hebreo, 1990
Primera edición en español, 1998
Cuarta reimpresión, 2012

Sidon, Ephraim
    Colina Calva / Ephraim Sidon; ilus. de Carlucho ; trad. de Heidi
Cazés. — México : FCE, 1998
    39 p. : ilus. ; 19 × 15 cm — (Colec. A la Orilla del Viento)
    Título original Ma'ale Carajot
    ISBN 978-968-16-4724-7

    1. Literatura infantil I. Carlucho, il. II. Cazés, Heidi, tr. III. Ser.
IV. t.

LC PZ7   Dewey 808.068 S788c

Distribución mundial

© 1990, Ephraim Sidon
Publicado por Am Oved Publishers Ltd., Tel Aviv
Título original: *Ma'ale Carajot*

D. R. © 1998, Fondo de Cultura Económica
Carretera Picacho-Ajusco 227, 14738, México, D. F.
www.fondodeculturaeconomica.com
Empresa certificada ISO 9001:2008

Editor: Daniel Goldin
Diseño: Joaquín Sierra Escalante
Dirección artística: Mauricio Gómez Morin

Comentarios: librosparaninos@fondodeculturaeconomica.com
Tel.: (55)5449-1871. Fax: (55)5449-1873

Se prohíbe la reproducción total o parcial de esta obra, sea cual fuere
el medio, sin la anuencia por escrito del titular de los derechos.

ISBN 978-968-16-4724-7

Impreso en México • *Printed in Mexico*

Colina Calva

EPHRAIM SIDON

ilustrado por
CARLUCHO

traducción
HEIDI CAZÉS

FONDO
DE CULTURA
ECONÓMICA

◆ En un lejano lugar, yermo de árboles y flores, hubo una vez una ciudad donde todos eran pelones. Colina Calva se llamaba, y en ese lugar, aunque no lo puedas creer, nunca se había visto un pelo crecer.

Calvos eran todos: hombres, mujeres, niñas, niños, muchachas y muchachones, y... para no ir más lejos, hasta los perros eran pelones. Nada opacaba el brillante resplandor de esas cabezas: ni rizos rubios, ni negros bucles, ni rojas barbas, ni pardas trenzas.

Colina Calva era, ya lo ves, un sitio de singular brillantez. Pero nada era tan especial como el señor gobernador: te será fácil imaginar que a este importante cargo no cualquiera podía llegar. De cómo lo elegían, ahora te voy a contar.

En Colina Calva cada seis años, con gran celebración, buscaban arduamente al más brillante pelón. No por elecciones, tampoco por sorteo.

Para ser gobernador, además de no tener pelo, de un grandioso certamen había que ser ganador. Tres fases tenía el concurso, con ellas se decidía el futuro.

La primera era ésta: los pelones debían dejar que su calva se reflejara al sol, de tal manera que en un montón de paja se formara una hoguera.

La segunda no era sencilla: la ganaba quien, con su cabeza reluciente, encandilara al jurado y lo tumbara de la silla.

La contienda finalizaba con una prueba muy osada: cada pelón debía dejar que un diminuto esquiador por su calva resbalara para elegir la mejor.

Después los jueces sumaban y sumaban, y aquel que mayor puntaje obtenía, recibía como homenaje ser declarado señor gobernador.

No había calvo más calvo, ni peladura mejor. Brillante y duro cual diamante, el gobernador, como todo hombre importante, tenía que trabajar sin mancharse con sudor. Mucho, sí. Pero menos que tú y yo que, además de trabajar, nos debemos peinar.

Una mañana al despertar, después de estirarse y
bostezar, el señor gobernador casi se muere de sorpresa:
le había salido, ¡horror!, un
pelo en la cabeza.

Y éste es el principio de
la triste historia de
Colina
Calva,
de la
cual aún
hoy se
habla. Si
tú quieres
continuar,
yo la voy a
relatar.

Como tú y
como yo, el pelo
aquel, tan pronto nació,
creció y creció.

—Ah, no. Perder por un
pelo mi reino... Eso sí que no
—dijo el de la calva más calva,
el más brillante pelón.

Y *¡clic!* con unas tijeras su pelo cortó.
Luego se dijo ufano—: De nuevo estoy sano.
   Pero en ese mismo instante el pelo siguió
adelante.
   Si no con tijeras, será con las pinzas;
si no con las pinzas, será con martillo; si no
con martillo, usaré un cuchillo; pero,
lo digo yo: pelo osado,
¡a morir serás condenado!

Sobra decirlo, el gobernador
estaba enojado. Y lo cortó, lo golpeó
y lo picó para hacerlo desaparecer,
pero el pelo no dejó de crecer.

Y aunque parezca que miento,
el pelo crecía más rápido que este
cuento. Lo digo de veras, más vale
que me creas.

11

Subió por los muebles, cruzó por la puerta, entró a la cocina, y el gobernador, ¡qué pena!, comprendió que si lo descubrían quedaría en la ruina.

—¡Todo está perdido! Me doy por vencido —clamó fatigado—. Fui gobernador, ahora sólo soy un ser desgraciado.

A la mañana siguiente, no había ni que hablar, el gobernador no fue a trabajar.

—Algo anda mal —dijo un ministro—. Vayamos a averiguar.

Y los otros ministros prestos se unieron; abrieron la puerta y de pronto vieron:

—¡Qué horror! —dijo uno.

—¡Qué dolor! —dijo otro.

—¡Esto es una afrenta! Caerá una tormenta.

—Calma, señores, algo debemos hacer si a nuestro gobernador no queremos perder.

De inmediato se reunieron y, tras mucha deliberación, esto fue lo que decidieron:

A. Que por el bien de la nación, de lo encontrado nadie hiciera mención.

B. Que de día y de noche el gobernador tuviera un asistente, para esconder al cabello insolente.

C. Que se cerraran las puertas para prevenir que el pelo a la calle pudiera salir.

Pasaron una, dos y tres semanas.

Todo estaba en calma, pero como en Colina Calva nadie había visto al gobernador, se desató un terrible rumor:

15

"Se ha vuelto loco, el gobernador
se enfermó del coco."

—Antes de que el rumor crezca
—dijo un ministro—, es mejor
que el gobernador aparezca.

—Por supuesto —dijo otro—.
En la plaza y ante la multitud
con unas palabras hará que todo
regrese a la quietud.

Llegó el día previsto, y los señores
ministros dejaron todo listo.

El gobernador, de nuevo radiante,
escondió su pelo en un sombrero gigante

Avanzó en el estrado y comenzó a
disertar sobre lo que todos en
Colina Calva querían
escuchar: reducir
los impuestos
y los horarios para
trabajar.

Con mucha alegría y poca atención, los pelones movían las calvas en señal de aprobación.

Pero antes de que el discurso pudiera acabar, un viento terrible empezó a soplar. El sombrero salió volando y la alegría se transformó en azoro.

Fue tanta la tristeza que cuando lo recuerdo todavía lloro. Algunos se desmayaron, otros sólo se marearon.

Y no faltó el salvaje que le gritara:

—Que se baje para darle una tunda por descuidar la pureza de su redonda cabeza.

19

—¡Quién lo vio y quién lo viera! —dijo la voz del pueblo—. Este greñudo de inmediato va para afuera.

Desolado y triste, sólo por un guardia acompañado, el gobernador greñudo de un pelo, se iba desterrado.

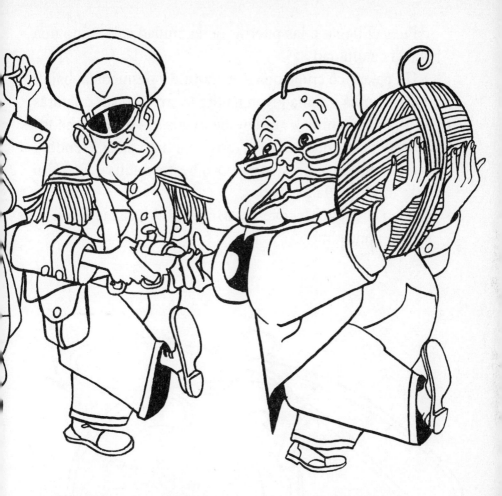

Algunos se lamentaban, los demás sólo lo insultaban.

Así de rápido sube la gloria, así de rápido baja... Y todo por un pelo... Tú que me oíste, si hasta aquí te conmoviste, cuando escuches lo que sigue te quedarás lelo.

Pues al llegar a las puertas de la ciudad sobrevino una nueva calamidad.

Un pajarraco cruel, una ave enorme y desmedida, bajó de las alturas y a una joven madre le arrebató sus criaturas:

—¡Ay, mis hijos!, ¿quién me ayuda? —gritó la madre desesperada. Mas nadie se movió ni hizo nada. Viendo esto, el gobernador, siempre dispuesto y audaz, lanzó su pelo tras aquella ave rapaz.

Y en el cuello del ave amarró un nudo; cazador más rápido nunca hubo.

—¡Miren, la ha alcanzado! ¡Pero qué bien la ha
lazado!

¡Qué tristes sonaron los aplausos cuando el nuevo héroe y antiguo gobernador, erguido y orgulloso en su pequeño carruaje, continuó su penoso viaje!

Sus amigos lo escoltaron por la carretera que lo llevaba hacia su castigo tras la frontera.

Y, de repente... el gobernador vio, justo enfrente, un alto edificio que en llamas ardía.

Había mucha gente y el humo ascendía.

—¡Auxilio! —gritaban—. ¡Está muy caliente!

Querían saltar, pero si lo hacían se iban a matar.

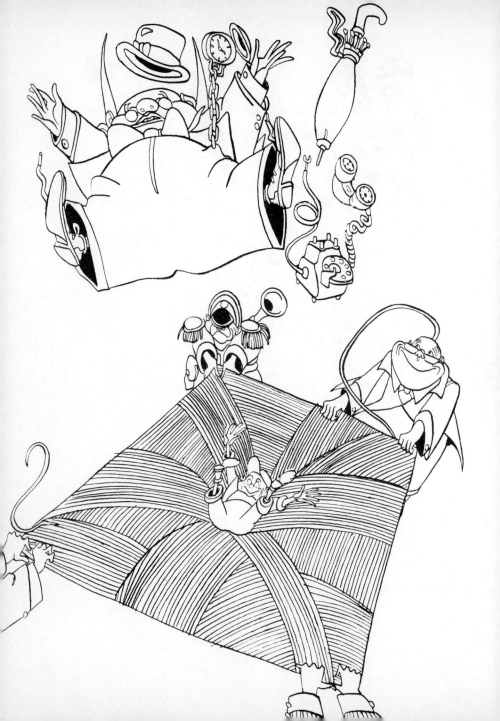

Viendo esto, el gobernador con su solitario cabello tejió una red.

—Salten aquí. No se van a caer.

La gente saltó al mullido colchón y no faltó quien llorara de profunda emoción.

—¡Qué suerte tuvimos! —sollozaba un abuelo.

—¡La verdad sea dicha, nos salvamos por un pelo!

De pie en su carruaje el ex continuó su viaje.

Los que antes lo echaron pedían: "que se baje".

Pero él sólo decía, en medio del vaivén:

—La ley es la ley y yo no la puedo desobedecer.

Después de una hora por la carretera, se avistó
la frontera.

Tu tu tu. Tu tu tu, sonó la trompeta
y el capitán ordenó:

—Es la hora de la expulsión, rasgad su chaqueta.

Ciento treinta soldados se alistaron en formación.

Vestían un suntuoso uniforme con blancas camisas
y pantalón elegante.

De cada tirante pendía un dorado botón.

Tu tu tu. Tu tu tu, sonó la trompeta

—¡Firmes, ya! —prosiguió el capitán, y se preparó la
triste silueta.

29

Pero los soldados se pusieron tan tiesos que los botones de sus tirantes se desprendieron.

¡Imagínense la escena!

Los pantalones en el piso y los soldados muertos de pena.

Parece que miento, pero como me lo contaron yo lo cuento.

Los soldados así parados se querían esconder, pues no querían que nadie sus calzones fuese a ver.

Y el ex gobernador de su maleta sacó una aguja por cuyo ojo su largo y famoso cabello ensartó.

Con la habilidad de un sastre cosió todos los botones.

Y los soldados, por fin, pudieron cubrir sus calzones.

Pero, claro está, la Ceremonia de Expulsión no prosiguió.

¡Vivas! y ¡bravos! de nuevo se escucharon.

Todos los presentes al ex alabaron; pedían disculpas y a gritos rogaban que al ex gobernador se perdonara.

—¡Regresa con los nuestros! —de rodillas le pidieron.

—Vuelve a ser nuestro guía, todo el pueblo en ti confía.

Sobre una montura de oro, montando un caballo fuerte,
el gobernador volvió a la ciudad sin poder creer su suerte.

Días antes, por tener un pelo, partía deshonrado; ahora
volvía con ínfulas de rey y en caballo dorado.

—Y todo por un pelo, largo y bello.
¿Qué sería de mí sin mi solitario cabello?

Para cuidarlo, el gobernador a tres ayudantes debió contratar, que al largo pelo tenían que enjuagar, rizar y adornar.

Cada lunes, sin excepción, el gobernador con su pelo hacía una exhibición.

Dicen los que saben, no lo sé yo, pero como me lo contaron lo cuento, que después de cierto tiempo el gobernador se volvió presumido y jactancioso, y su cabello más largo y brilloso.

Y como en la lengua pelos no tenía, un día se escuchó que esto decía:

—Estoy harto de pelones y pelagatos, yo soy superior, me iré a vivir donde haya gente mejor.

Y dicho y hecho, nuestro héroe partió, solo y orgulloso por la llanura, rumbo a la lejana Villa Velluda.

Golpeó el portón, pero no obtuvo respuesta.

Volvió a tocar con mucha más fuerza.

—Por favor, quiero entrar, abran la puerta.

—¿Quién es? —preguntó una voz aguda.

—Soy yo, una persona peluda.

—Si tienes cabello, entonces no hay duda,
bienvenido eres a Villa Velluda.

Pero al abrirse la puerta, ¡vaya sorpresa!

Un guardia, que era puro pelo de pies a cabeza, lo miró
y enojado exclamó sin delicadeza:

—¿Tienes cabello tú? ¿Te crees muy peludo por tener
un solo pelo enrollado en un nudo? ¡Vete de aquí, me das
risa! ¿No me escuchas? Si no te vas te daré una paliza.
Intruso embustero, te cierro el portón pues aunque un
pelo tengas, tú sólo eres un pobre PELÓN. ◆

39

Colina Calva, de Ephraim Sidon,
núm. 100 de la colección A la Orilla del Viento,
se terminó de imprimir y encuadernar en junio de 2012
en Impresora y Encuadernadora Progreso, S. A. de C. V. (IEPSA),
calzada San Lorenzo 244, 09830, México, D. F.

El tiraje fue de 2 900 ejemplares.